昇華

逢坂みずき歌集

短歌研究社

昇華＊目次

I

昇華

I

やや温かい

春浅き夜道を歩くトイレットペーパー抱くとやや温かい

うっすらと雪平鍋に染みついた線は一人分の味噌汁の嵩

毛布着て寝ても手足が冷たい日夢の中でも税をとられる

お金ないお金ないって言いながらまたカルディで無駄づかいして

ひかりのように

金曜日「お猿のかごや」のメロディを流しつつ来るゴミ収集車

フェンシングクラブの窓を覗いたらほんとにフェンシングしてる人

思っても言ってはいけないことがある思ってもいけないこともたぶんある

仲間外れにされたと怒っている人の自尊心こそ羨ましけれ

もし来世ゴミ袋として生まれてもその生涯を全うするよ

メロンパンとは形のことで苺味メロンパンなるもの売られおり

褒められるのが好きだっただけだった一人前のパスタを茹でる

自販機で買った緑茶がへこんでるゴールデンウィーク最終日

大丈夫わたしの後をついて来て虫以外からは守ってあげる

マンションの朝の通路に落ちているガムの銀紙ひかりのように

言の葉の影

言の葉の影深くなる時代なり仙台にある「コロナワールド」

カップ麺、バター、小麦粉、たこ焼粉こんどは何が品薄になる

緊急事態宣言の文字灯りおり令和の令は発令の令

久々にアーケード街を歩いてる　おう、タピオカ屋まだ生きてたか

ドライブスルー検査会場見おろしてキーマカレーを食べている昼

消毒スプレー

二〇二〇年三月

「ご自由にどうぞ」すずらんテープにて縛られている消毒スプレー

「良心」とシール貼られて消毒のスプレーがあるビルの入口

二〇二〇年四月

おばちゃんが消毒スプレー端会議しているイオンスーパーセンター

二〇二〇年八月

西友の入口の消毒スプレーが足踏み式に進化している

二〇二一年一月

フリル

くし切りのきれいなトマトが落ちている梅雨の晴れ間の街路樹の下

同じ時代を生きてる人が一円の切手貼り足し手紙をくれる

愛誦が愛踊とまちがえられてなんだかおどりたくなってきた！

心には襞があるって聞いたので想像しているすんごいフリル

たちあおい　比べるなって言いながら一番比べているのはわたし

夏の種

睡蓮の厚いつぼみを開かせる夏の朝の光の力

投票所入口にアース渦巻香焚かれておりぬああ日本国

猛暑日の長月八日でも昼のひかりは少し黄ばんで見える

ベランダのそれぞれに白衣干してある工場の人の寮なのだろう

バス停に立ってパックのお茶を吸う夜の空気はすっかり秋だ

夏の種こぼれて秋に芽を出して咲く朝顔の花の小ささ

焼き芋

焼き芋のような心がここにある誰も気づいてくれないけれど

美容室で注文できない選手権東北大会シード出場

前髪の寝ぐせとともに出社する『ちびまる子ちゃん』の富士男のような

出社してまずパソコンを起動することさえ秋は何だか寂し

赤ペンで松風号と書いてある台車でやってくる配達屋

「爆発」と「炎上」が社内スラングにあってしょっちゅう燃えている俺

晩秋の川面をきらきら渡る風　生きてるうちに褒められてぇな

こんなことくらいで落ち込んでもいいと後輩の女子に教えてもらう

スナックにサラリーマンが入っていくドアからむあり煙草のかおり

宗教はクーリングオフできないと法律職の友に教わる

「金持ちになってもオレはなかか卯行く」君は金持ちにならないと思う

全部大事に決まってんだろ　ありふれた暗喩だ今日の雨の冷たさは

人生に草が生えるよその草で愛という名の仔山羊を飼うよ

靴裏のような社会人の俺たちに金も時間も体力も無し

大学の教科書をＢＯＯＫＯＦＦで売る　税で大仏でも建てようよ

労働のあい間にいだく夢淡く冬の公孫樹はごつごつしてる

まだ若いまだ若いって言われつつ中途半端な若さを恥じる

若さとは経験不足なだけだから　走れ当日消印のため

バンクシー、俺の心臓のうしろにもねずみを描いていきやがったな

西友は24時間営業で花束も24時間買える

ものすごく惹かれたけれどやらないで帰った氷河期の僧侶のガチャポン

一生に一度なんだな今日という（録画のアニメ観ただけの）日も

遅刻しそう兎のように跳ね回り朝の支度をしている　立春

建設中のマンションの前に停まってるトラックにたくさんの浴槽

「応募資格は笑顔であいさつできる方！」資格がなくて応募できない

年度末の業務に追われる後輩は「春分の日が邪魔だ」と喚く

朝に見た星座占いでは五位で確かに五位ほどの今日だった

映画なら――十年後――って端折られる日々の只中を生きていくんだ

新しい自分に名前を付けるため辞書に調べる風の類義語

どす黒い

置き去りのペットボトルのどす黒い液体　コーラだと信じてる

わたしから夢と希望と強靭な理性を引けば放火魔になる

全員に人生があると思ったら怖くてうずくまる飯田橋

雑踏にまぎれて思い馳せてみる無差別殺傷犯の心境
こんなにも人がいたなら刃物振り回してみたくなっちゃうかもな

刃物振り回してみたくならぬようちゃんと働きちゃんと遊ぼう

感情労働

真夜中に自分の気持ちを見つめたら薊が生えてたので切りました

ひきこもる勇気もなくて人の世に出でて迷惑かけるわたくし

「出勤」でなく「出演」というらしい占い館の先生たちは

「研究者に向いています」と言われたりかつて目指して諦めた仕事

無意識に親指を握り込んでいた辞めた会社の前通るとき

数少なきわれの長所のひとつなり許すスピードがとても速いこと

今日はもう感情労働やめていい枯れ紫陽花を通り過ぎたら

カイト

出会った頃のあなたの歳になりましたあなたはこんなに悩んでいたの

生きていてくれさえすれば　朝顔は意外と冬の初めでも咲く

声を聴き分けられるのもたぶん愛あなたの歌を来年も聴く

冬空に飛び立つカイト　去ったあと虹が架かるとあなたは言った

日本の雪

だんご屋に貼り紙増える十二月「お正月用あんこあります」

春夏秋ボート部がボート漕いでいし川の水面の凍れる真冬

タイ料理屋の店先のトゥクトゥクに積もれる雪よ日本の雪よ

セーターの毛玉ちみちみつまみつつ広告動画が終わるのを待つ

Thanatos

靴下はたくさんあるが適切な靴下がない水曜の朝

人間は自分のウンコの形さえ思い通りにできないのにさ

おい、春の花たち春の小鳥たち俺を励ますな社会不適合者と呼べ

脳内はにぎやかなのにヨネダ2000の漫才くらいにぎやかなのに

沈丁花こころもからだも狂わない俺はほんとにつらいのかなぁ

永井祐みたいなことを考える短い汽車が通る踏切

死に方を選べるのなら、そうですね、はかなくなるって感じがいいな

紫陽花の葉をなでてみる　どうしても後悔をしてしまう人生

待つ想い強ければ強いほど来ない大事な手紙や夕暮れのバス

そこの君「紙幅が尽きた」と書いている部分でもっと言葉を尽くせ

肉体があるからペンを持てるんだいつか昇華するこの肉体が

II

業

友達の結婚式がうれしくてコスモス柄の着物を買った

炊飯器の底が汚いこの部屋にひとり暮らした時の分だけ

浮世絵のようなわが顔　前世ではモテモテだったその業が今

くちづけをしたいと思ったことがないカステラの底の紙は食べたい

友達の結婚式前日、ビジネスホテルにて

この狭いユニットバスは死ぬ前の走馬灯には出ないでほしい

干した無花果

下の階のカップルがセックス始めると揺れるアパートに住んでた二年

結婚はしたいが恋はしたくない心臓が干した無花果なので

身に深く持つ浄き卵をとりだして凍結保存する選択肢

友達がのった新聞切りぬいた裏に精力剤の広告

ベーグルの穴はきゅぅぅと空いている　かつてわたしも通った産道

この世にはセックスが無いような気もしてくる秋の静かな夜更け

新しく知る感情と忘れゆく感情の数均して冬へ

更地

火のようにもみじは芽吹きかつて君を恋いいし頃の空気のにおい

嬉しくも悲しくもなし色白の細身の男に乳揉まるれど

この男が君だったなら、　だったなら私は泣いたりしたのだろうか

水量の豊富な井戸があるのみの更地と思うわが肉叢は

くちびると膣の硬さを囁かれ、ただイデアとして存在したし

感情も表情も声も「無」のままで60分を他人《ひと》に抱《いだ》かる

この身より滲《し》み出《いだ》したる液体の付着せる紙幣世を巡りいむ

月の綺麗な夜

冷感症なのに恋なんかしてた語用論のはなし聞きたかった朝まで

君と見た花火を君は忘れてる　そうだね私一人で見たんだ

恋したのは君だけだったと確かめて逝きたし月の綺麗な夜に

茄子の花

このへんも住みやすそうな街だなとバスで過ぎつつ思う休日

境内のサルビアの鉢に混じりいる紫　茄子も夏の花なり

安産のお守り二つ友達にわたしは良縁のお守りを買う

好きだった人は臨床心理士になってて今もわたしに優しい

緑色のズボンに抹茶をこぼしたら抹茶が明るいしみになってる

帰り道さっそくつける良縁のお守り今日のファッションに合う

元気な男の子ですよ

子メダカに四角い鰭が揺れていて「元気な男の子ですよ」とつぶやく

生きているうまれてそだって生きているメダカのしくみ、わたしのしくみ

十五歳の胸囲のままで陽を浴びて新古車みたいになりゆく軀

元気です薬を飲んで元気です自分の経血さえも可愛い

貧弱な雌であるわが肉体を晩夏の日陰に隠して歩く

友よ今いっしょに食べてる合鴨も子の栄養になっていくのか

「鯨っていいね出産も子育ても誰にも何も言われずしてて」

「出産の感想を今度伝えるね」「待って、わたしは受け止めきれない」

「絶対にわたし、〇〇でちゅよ～とか言わないけれどいいかな」「いいよ」

われのため食べるはわれのほかになく良く嚙み良く飲むパンと牛乳

もうこんな軀なんかと思えども言葉も声もここより生るる

友の子の写真にうつり込んでいる正常新生児科という札

付けし名を訊かむとメールする秋夜いそがしいかと躊躇いながら

友はもう母をおばあちゃんと呼んでいてわたしの裡を野分がめぐる

形而下

たんすから探す薄手のカーディガン秋は真っ先に二の腕に来る

昼ごはんまで待てなくて飴なめるわたしはわたしの軀の傀儡

五体満足、心身健康それなのに何なんだこの不如意な感じ

陰核がわたしにあるのか分からない夜の鏡にまさぐってみる

己が顔己が性器も己が目で見られず女としての一生《ひとよ》

朝方の眠気とともにきざしくる勿忘草のような性欲

味噌汁のお椀をゆっくり運ぶとき、そういえばわたし形而下だった

布製でも良かったかもなこの軀しょせん魂の着ぐるみならば

安易と無力

友達の息子に青のベビー服えらびたるわが安易なこころ

人道的兵器ってある？きらきらと無数の火の粉降る製鉄所

ＮＡＴＯって命より大切なのかよと平成生まれのわれは呟く

当事者じゃないからこんなふうに詠める国産小麦のパンかぶりつく

友達がワンオペ育児してる夜に感じる最も身近な無力

砂鉄

車窓より冬枯れの桜並木見ゆ何かの鳥の巣あらわになりて

理科室のにおいで吐き気をもよおした初めて生理が来た雪の日の

何歳《いくつ》まで飲むのか分からぬ薬もらい婦人科のあと友とおちあう

性交が嫌いなのかと友は問うぴっちりとした茶色のニット

「子供ほしい時だけすればええやんか」声が砂鉄になってしまった

わたしの中に女があるのはいいけれど女の中にわたしは居たくない

早く散れ桜

「虫　黒い　小さい　固い」で検索し死番虫なる名を覚えたり

葬儀屋の白き看板に毛筆で書かるるわが名想う冬の宵

己が死をぞわぞわ思う時のあり死のぞわぞわは足裏より来る

いつもいつも遅れをとってわたくしは桜並木に休んでばかり

いつか来る死というものを怖れおり見てないところで早く散れ桜

子を持てる友を羨む今なれど死せる友を羨む日もいつか来む

III

いびつなホタテ

あいみょんを流して荷造りしていると雰囲気が出る　明日引っ越す

シャッターにメガネ外してキスしてる男女が描かれているメガネ屋

どの恋も実らせること叶わずに岸上大作より長く生く

はつなつの薄荷のような海風を浴びる役場の駐輪場で

ふるさとのみんながわたしを待っていた　緑青まみれの実家の蛇口

ライバルの第一歌集のハードカバー日に焼けちまえと窓際に置く

会社辞め家の仕事を手伝えばずっと土曜日みたいな気分

水揚げせしホタテに混じる小魚を海へ帰せり礼はいらぬぞ

海が近い山が近い蟬の声が近いわたしはここに住んでいたのか

軒下で父が煙草を吸ってると隣の兄さんトランクスで来る

フォトグラファーになりたる友のツイートに「地元は窮屈だった」と書かる

一人称「おい」だった奴も東京で「私」なんて言ってるのかな

結婚をするのも仕事の一つにて家族経営のどん詰まりにいる

わが肌に微かに老いは兆しおり六月に咲く秋桜のごと

髪の毛にごみ付けたまま話する結婚相談所の営業の人

お見合いの写真はスカート着用を推奨される　わたしはいいけど

入会金を祖父が払ったカバー無しの製本費用と同じくらいの

遺歌集を頼める友のあらざれば石川啄木より長く生く

昨日の夜なんでわたしが泣いてたか母に尋ねる父の声する

ぺらぺらの歌集の表紙　むき出しのわたしの心　いびつなホタテ

午前二時船の上から見る月はきれいだけれどちょっと見慣れた

回遊魚みたいに生きられたのかなもっと家族が嫌いだったら

思い出す修学旅行で東京から帰って来た日の海の匂いを

桃一個まるごと食べて楽しかった一人暮らしをしていた夏は

今日も父はわたしの双子の弟のような名前の船と働く

何をして生きたいんだろう明日咲く朝顔のつぼみ数える夕べ

救急車の音聞こえれば住民が集まって来るふるさとを愛す

泡

挽歌挽歌よめば詠むほど祖母の死は良い歌になってしまえり、蟬よ

人間は己がからだに生かされて己がからだに殺さるる泡

ケンカしかしていなかった祖父母だった祖父はしばらくこの世に残る

孫たった一人で淋しくなかったかわたしが分裂できればよかった

じいちゃんは妻をババアと呼んでいるたまに千恵子《つえこ》と呼ぶ時もある

ばあちゃんの鳩の鳴きまね変だったデデッポッポーガガッガッセー
空いている椅子にも慣れてばあちゃんの茶碗の柄が思い出せない

ばあちゃんがいたら、　ってまた思ったよ私が婆ちゃんになっても思うよ

麦畑

どこにも行きたくない　何も食べたくない　布団の中であめふらしになる

ガムテープ貼って直した靴を履き明日お見合いに行くのかわたし

もう話題尽きたる車内にラジオより流るるオヨネーズ「麦畑」

どうしても違う器官をもつ軀いつか重ねなければならない

蚊はいいなぁどうして生きているのかが分からなくてもひと月で死ぬ

崎山トンネル、出島架橋

二〇〇八年のストリートビューを見るしばらく行ってない町だなぁ

「島民の夢！　出島《いずしま》架橋」の看板が色あせていた震災前の女川

十年でわが家に溜まった不用品メルカリで売り五千円得る

ひとりひとつ生還体験談抱えこの街に暮らし続ける人ら

残された白さるすべり崎山の戦没者慰霊碑は移転して

住民の毎日通る国道が難所と呼ばれトンネル出来る

真向かいにあるけど行ったことはない出島　橋ができたら行こう

この街はピザ屋もフルーツサンド屋も原発もある素敵な街です

通学路、そして津波を見た所　橋の工事で塞がれている

新しい橋を渡ってみたいからもっと生きるよ祖父もわたしも

鰯雲

茶の間まで二階の父の爪を切る音が聞こえてくるよ初秋

わあすごい、つながりとんぼの大群だ　よく見ると一匹のやつもいる

思ってもないことを言っている時の心に湧いてくる鰯雲

初秋刀魚もらって帰るしゃらしゃらとカーブのたびに鳴る氷水

この中にいくつかの生き死にのありメダカの鉢を洗う秋の昼

もやい結び

『竜骨《キール》もて』のキールを二級小型船舶操縦士教本に知る

テーブルの脚を使って父さんともやい結びの練習をする

じいちゃんもやってみせてと頼んだら結んでくれた八十二歳

父さんと右舷着岸の練習をしてると野次りに来た浜の人

つがいなる赤とんぼ来てつんつんと卵産みおり朝の海面に

漁業なんて向いてないよと仰るが三半規管は強いんですよ

秋の陽が少しまぶしい筆記試験会場は魚市場の二階

試験艇のうしろの窓はビニールで御簾のごとくに巻き上げられる

海と仲良くなれないわれれの誕生日「世界津波防災デー」なり

試験中に短き虹を見つけたり秋の松島の空に架かれる

たばこ屋

「シャトレーゼ」声に出すとき言語野をうっすら過《よぎ》りゆくしゃれこうべ

お供えもの置いてけないから仕方ないお墓でしるこサンドを食べる

幸せの定義は深く考えない　かっぱえびせんを覚えたかもめ

着色料禁止の教育受けてきて食べたことないねるねるねるね

たばこ屋と呼ばれていたる千葉商店10円ガムとピザポテト買いし

おしどりのミルクケーキを舐めながら窓辺にまどろむ晩秋の午後

ういろうに近い雁月よりわれは蒸しパンに近い雁月が好き

ワクツン

当店の感染対策⑧番お札ペロッはおやめください

ワクチンと発音できぬ祖父が待つ役場からのワクツンのお知らせ

前をゆく空車のタクシーのバックミラー白いマスクがぶら下がってる

じいちゃんをワクチン接種に連れていく待ってる間バナナジュース飲む

「消毒でまけないですか」と尋ねらる地元の役場の接種会場

冬の海風

はつ冬の鮑の開口三時間に父は煙草を四本吸いぬ

店先にサンマ一〇〇匹干されおり冬の海風ひりりと受けて

電飾のコードのごとく冬枯れの朝顔のつる柵にからまる

水拭きのあとの残れる窓ガラス暮れゆく年の青空うつす

男たちなんとなく皆ゆれながら獅子舞のうた唄う初春

カレンダーが四つ並んで掛かってる親戚の家の茶の間の長押

大いなる蜘蛛の巣のごとき低気圧わが町を白くして過ぎたり

灰色の猫が作業場のそばに来てこっちを見てる面白いのかい

牡蠣殻はほとんど岩だ長靴の上に落とせばなかなか痛い

「鬼の役しねげねぇなあ」浜辺にて親父ら話す如月三日

つながるる船より岸へトラ猫が跳びたりＰＵＭＡのマークのごとく

穫れたてのめかぶを神楽鈴として踊れば我はわたつみの巫女

煮え立った鍋に入れればプュプュプュプュプュプュプュプュプュプュプュ－とふのりは鳴いた

コンチクショー　——二〇二二年三月の歌

三月十日

十年と三百六十四日まえ浸水せし病院で採血

待合室のテレビをみんな熱心に見ている石巻が映ってる

採血の順番を待つ椅子の横『ドカベン』二十四巻ならぶ

三月十一日

震災後あらたにできたカフェ二軒三月十一日は休業

立ち止まりみんな黙祷してたぞと散歩から帰った祖父が言う

宗さんも今日は黒っぽい服を着て「OH！バンデス」の司会しており

三月十六日

二度揺れて日本列島へし折れると浅野大輝にあらねど思う

揺れているうちはとにかく必死なりおさまってから気づく惨状

ことさらに書類散らばるわが部屋を父母は見てウワーと言えり

とりあえず落ち着くため見るツイッター「テレビ割れた」と友は嘆けり

大地震の後には余震があることを小三で覚えし宮城県民われ

三月十七日

開けたなら割れる茶碗が食器棚の曇った窓にまあるく透ける

開けたなら割れる茶碗の運命をなにかのことわざみたいに思う

津波注意報解除になって二時間後もう海岸で働いている

震度六弱にガラスが割れ落ちて津波伝承館休館す

地震来るたびに地震が怖くなる心臓鍛えておかねばならぬ

三月十九日

「半分くらい溢れたんだ」とおじは言う水槽の中らんちゅう静か

ペン書きで「地震のため」と紙貼られ丸亀製麺のメニュー少なし

三月二十一日

また地震来るかもしれないまた地震来るかもしれないまあ来ないかな

どうせまた地震で落ちると思えども本とアルバム棚へ戻しぬ

本棚が動きたる分2センチの青き畳が現れにけり

約一年前にも落ちし本なればコンチクショーの思い湧き来る

三月二十二日

電力需給ひっ迫警報なるものが出されてTVer見ず「塔」を読む

三月二十四日

ＮＨＫの緊急ニュースの青枠が今日はミサイル情報伝う

三月二十七日

福島への思いを尋ねられており若隆景の優勝インタビュー

若隆景、大谷翔平、羽生結弦、わたしも平成六年生まれ

シクラメン

じいちゃんに来てほしくないばあちゃんが三途の川に建てたバリケード

田辺さんみたいにしゃべる私だが救急車呼ぶときはハキハキ

「二、三年？　五、六年？　震災前ですか？」病歴を訊く救急隊員

じいちゃんのおむつを替えている母の味噌汁がもう冷めきっている

町医者のとなりの小さな薬局の受付にびろびろのシクラメン

小さな森

つらいって言ってもいいか　朝霧が触れるくらいたちこめている

女にしかできないことは少なくて朝なさな飲む白い錠剤

親戚がほとんど枝のたらの芽やほとんど竹のたけのこくれる

たらの芽は油の雫したたらせ天ぷらになる五月の夕べ

こしあぶら、葉芹、筍　新緑の小さな森が食卓にある

異性としかできないことは少なくて長さのちがう箸をならべる

きょうだいはほしくないけどきょうだいがいたらどれだけ似てたのだろう

春生まれと秋生まれしかいない家族です窓辺に伸びたポトス飾って

可食部

木陰にて西瓜かじりし夏ありき男友達の名字が変わる

女友達の夫にさほど興味なし男友達の妻は見てみたし

とげとげの殻割りたればあふるる黄　ウニの可食部は精巣・卵巣

見た目には分からないけど自らの雌雄を知っているのかウニよ

千万のウニの恨みをひしひしと身に溜めてわれはウニ屋の娘

水音

わっぱが食う朝飯わらわら食う昼飯わっつわっつど食う晩の飯

ことごとく牛タン焦げて我々は焼肉に向いていない家族だ

水道の修理屋さんのマグネット届く地域は都会なのです

お父さんのタオルがくさいお父さんのタオルだけがくさい　梅雨入り間近

水音で誰が風呂場にいるのかが分かる家族歴二十八年

咲き乱れ

頑張ってもできないことがあるんだと理解できないあなたの世代

ウミネコのくちばしの赤　怒りって何か解決できるんですか

これはあなたを喜ばす為ではなくてあなたを喜ばせたいわたしの願いの為

今あなたが死んでもきっと泣けません　さるすべり　咲き乱れ　八月

不得意

母親に週一回は責められる結婚相手が見つからなくて

同い年の友のメールに「有責」や「化学流産」という語彙　ググる

私はただ結婚したいだけなのにみんな恋愛させようとする

あてもなく川の畔を歩くとかケーキを分け合うとかができない

バスケットボール、クロール、逆上がり、恋愛、ドッジボール　不得意

極月の風が冷たい　家に着くまでに泣きやまなくっちゃいけない
ばあちゃんならなんて言うかな夕焼けがほんのり残る空を見上げる

助けてー　刃物男がいるんです（心の中に）　早く助けて

私だけが不幸のような気がする日イルミネーションは体に障る

潮水にまける

女川のスペインタイル工房の時計を贈る結婚祝いに

晩秋の生家の跡地の陽当たりが悪すぎることに気づく今さら

好きだった自分よ好きだったわが町よ急峻な山に囲まれながら

生まれる場所、時代、体も間違えたような気がして　冬の青空

死にてぇと少し思った死にてぇと思えるくらい時間は経った

潮水にまけるしウニもホヤもきらい船には酔わないから生きられる

サイレンがきこえる、遠く　自分以外だれにも死んでほしくはなくて

心理カウンセラーによれば
〃家や地域の所有物として扱われている状態〃

人権が侵害されていく日々に地元を黒塗りにしたくなる

「ここはまだ藩なんだって思っとけ」友から励ましのメッセージ

お別れを言えぬ消え方でもいいかわたしは春の雪になりたい

地元を歩く

前の日に三針縫った人も来てにぎやかなりけり女川吟行

今地震来たらやだなと思いつつ海岸沿いを案内してゆく

三脚と一眼レフを肩にかけ旅人として歩ける地元

氵《さんずい》の草書の文字を酒好きの数又さんは酒と読みたり
これは酒ではなく海と水色のワンピースの人が教えてくれた

横倒しの旧交番の屋根のうえ病葉だらけの桜が茂る

ばあちゃんが拾った財布届けたな生前のばあちゃん生前の交番

栗鼠

理解してくれそうな人にだけ話す適宜編集したかなしみを

ああうちがおはぎ屋だったらよかったなわたしはおはぎが大好きだから

つらかった話をすれば「じんましん出てる！　首に！」と言われてやめる

生きづらさにリスロマンティックと名が付いた　可愛いじゃん、リス肩にのせたい

ゴシック体

ユーミンのコンサートへ向かうバスの中「遺体安置所だった」という声

病みあがりみたいに津波あがりという言葉がわたしの町にはあって

夜の海に大きな花火　死ななくて良かったと今素直に思う

漁民センター二階にありし剝製の雉はいずこへ流れ着きたる

矢印は水の真上を示しおり古いカーナビで橋渡るとき

まだ地図にないレストラン探さむと北上川の岸辺をさまよう

春彼岸ありとあらゆる親戚がありとあらゆる菓子持ってくる

檀家だけの慰霊碑があるお寺なりゴシック体で彫られし名前

あとがき

わたしの第二歌集『昇華』をお手に取ってくださった皆様、誠にありがとうございます。

第二歌集はもっとベテランになってから作るつもりでいました。しかし、生きていく中でどうしても自分が向き合わなければならない課題にぶち当たってしまい、その課題に決着をつけるつもりで歌集を編むことにしました。もし、似たような課題にぶち当たっている人がいたら、わたしの歌が少しでも救いになれば嬉しいです。

この歌集には、二〇二〇〜二〇二三年頃に詠んだ歌を収録しています。この間、わたしの〝メタ認知用の自我〟がふらっと散歩に行ったまま何日も帰って来ず、一瞬帰って来てもまたすぐ出かけてしまうようになったので、なかなか歌が出来ないことが増えました。〃メタ認知用の自我〃は、例えば怒られている時には「わたしは今怒られているなぁ」とか泣いている時には「わたしは今泣いているなぁ」とか、自分を俯瞰で見て本体の自我が直に傷つくのを防いでくれる存在です。思春期全盛期、しょっちゅう死にたいと思っていた時期から脳内に現れました。短歌もこの〃メタ認知用の自我〃が見つけてくれた面白いものを題材に作ることが多かったので、いなくなると困ります。でもわたしは短歌が好きで、どうしてもやめたくはないので、本体の自我を傷つけながらも毎月の詠草十首は頑張って揃えました。

要するに、この本は情緒不安定な時期の作品をまとめた一冊になってしまいました。そのため、編年体にするとごちゃごちゃして読みにくそうなので、テーマ・作風が近いものを仕分けして三章に構成しました。生身の「私」の自己開示ではなく、歌人・逢坂みずきの自己呈示としてお読みいただければ幸いです。

タイトルは、友人に「わたしって異性に愛されたいという欲求が希薄なのかな」と相談したら「創作で昇華しすぎなのでは?」と言われたことがきっかけで「昇華」にしました。第二歌集を作ろうと思い立ったのも、困難な人生に対する防衛機制としての昇華なのかもしれません。

こんな若輩者の歌集の為にご尽力くださった短歌研究社の國兼秀二様、菊池洋美様、栞文を寄せてくださった梶原さい子様、川島結佳子様、嶋稟太郎様には心より感謝申し上げます。また、いつもお世話になっている塔短歌会の皆様、仙台啄木会の皆様、これからも元気に楽しく歌を続け、さらに精進して参りますのでご指導ご鞭撻のほどよろしくお願いいたします。

二〇二四年　晩春

逢坂みずき

著者略歴

1994年　宮城県女川町生まれ
2013年　岩手大学文芸同好会の活動で短歌を始める
塔短歌会、仙台啄木会所属。
著書『虹を見つける達人』（本の森）、『まぶしい海―故郷と、わたしと、東日本大震災―』（本の森　第26回日本自費出版文化賞入選）。

省　検
略　印

塔21世紀叢書第四五一篇

令和六年九月十八日　印刷発行

歌集　昇《しょう》華《か》

定価本体二〇〇〇円（税別）

著　者　逢《おお》坂《さか》みずき
発行者　國兼秀二
発行所　短歌研究社
郵便番号一一二―〇〇一三
東京都文京区音羽一―一七―一四　音羽YKビル
電話〇三（三九四四）四八二二・四八三三
振替〇〇一九〇―九―二四三七五番
印刷・製本　シナノ書籍印刷株式会社

ISBN 978-4-86272-787-9 C0092 ¥2000E